DÉDIÉ

A MONSIEUR CHASSANG

INSPECTEUR GÉNÉRAL DE L'UNIVERSITÉ

AUTEUR DE L'OUVRAGE

Le Spiritualisme et l'Idéal dans l'art et la poésie des Grecs

A celui qui, du Beau pénétrant la science,
Dans un livre éloquent fait aimer l'Idéal,
Et montre, en dissipant l'erreur et l'ignorance,
Que le Beau c'est le Bien, que le Laid c'est le Mal.

PAUL ARNOULT.

AU NOM DE LA JEUNESSE FRANÇAISE

RÉPONSE A ZOLA

PAR

UN ÉLÈVE DE CLAUDE BERNARD

Facit indignatio versum.

(JUVÉNAL.)

PARIS

—

Juin 1879

RÉPONSE A ZOLA

Du bon sens et du goût le fougueux adversaire,
Zola, le grand Zola, l'auteur de l'Assommoir,
Qui, dans certain journal qu'on nomme *Le Voltaire*,
L'imprudent ! tour à tour nous parle blanc et noir ;

Zola, qui l'aurait cru ? professeur de morale,
Aux jeunes gens français vient de faire un appel.
Nous vivons, paraît-il, dans un temps de scandale ;
L'air que nous respirons est pestilentiel ;

Tout va de mal en pis, et cette décadence
Du généreux Zola contriste le grand cœur.
Aussi nous offre-t-il son art et sa science,
De la corruption, lui, le seul guérisseur.

La jeunesse croyait, dans sa candeur naïve,
Qu'il est, à part Zola, d'assez bons écrivains,
Et, par funeste erreur de l'imaginative,
Elle admirait des gens qui sont de purs crétins.

Ces auteurs froids et secs, ces ennuyeux classiques,
Qui des collégiens faussent le jugement,
Et ces farceurs parés du nom de romantiques,
Desquels le vain esprit n'est gonflé que de vent;

Victor Hugo surtout, conduisant la séquelle
De ces jongleurs de mots, amuseurs des badauds;
Voilà ce que fourraient dans leur pauvre cervelle
Les jeunes gens du jour, malheureux étourneaux.

Nous allions périr. Mais le Naturalisme,
Incarné dans Zola, vient à notre secours.
Loin de nous repoussons le sot Idéalisme ;
De Zola, le sauveur, acceptons le concours.

Au reste, disons-le, fort simple est le remède.
Du mal dont nous souffrons quiconque veut guérir
Doit, l'Assommoir en main, appeler à son aide
Zola, pour lui montrer l'art de s'empuantir.

Qui donc nous racontait que de la poésie
Les accents dans les cœurs enflammaient la vertu,
Qu'il fallait au-dessus des choses de la vie
Elever l'être humain, si souvent abattu?

Chansons que tout cela ! C'est juste le contraire.
L'infaillible Zola dit positivement
Que pour se conserver une âme noble et fière,
Dans l'ordure on ne peut la plonger trop souvent.

Et comme dès longtemps il s'y plonge lui-même,
Qu'il en connaît sur lui les merveilleux effets,
Il veut bien, par bonté pour la France qu'il aime,
En faire à nous aussi savourer les bienfaits.

Moraliste profond, plus profond politique,
Zola, dont l'œil perçant pénètre l'avenir ;
Zola, que Dieu dota d'un esprit prophétique,
Afin qu'à nous mortels il se pût découvrir ;

Zola, des hauts sommets où plane sa grande âme,
A vu vers quels écueils vogue l'humanité.
Il frémit, et lançant des paroles de flamme,
Où s'empreint la noblesse avec la majesté :

Insensés, dit sa voix, quelle erreur est la vôtre?
De quel aveuglement êtes-vous frappés tous?
Dans quel bourbier fangeux votre espèce se vautre!
Serez-vous à jamais d'incorrigibles fous?

Des choses du passé la triste expérience
N'est-elle pas pour vous pleine d'enseignements?
Ne savez-vous donc pas que toujours l'ignorance
Aux peuples a causé des désastres sanglants?

Entr'autres il en est deux preuves lamentables.
Des Grecs et des Romains les malheurs inouïs
Ne vous montrent-ils pas quels destins déplorables
Attendent les pécheurs dans le mal endurcis?

Or le mal, voyez-vous, c'est de l'Idéalisme
Le culte nuageux, mesquin, dépravateur.
Le mal, c'est le dédain de ce Naturalisme
Dont vous voyez en moi le plus noble docteur.

Comment n'auraient-ils pas mérité la ruine
Et des âges futurs la juste aversion,
Ces gens qui, contempteurs de la pure doctrine,
Couraient, le cœur léger, à la perdition?

Admirer un Platon, un stupide Aristote,
D'un Phidias vanter le marbre solennel ;
D'un Sophocle énervé, qui dort ou qui radote,
Applaudir bêtement le drame officiel ;

De rhéteurs saugrenus tels que fut Démosthènes
Suivre les faux conseils et lutter contre un roi ;
Ne se nourrir jamais que de paroles vaines ;
Dans le culte du Beau mettre toute sa foi ;

Voilà ce qui perdit le peuple de la Grèce
Et ce que châtia le glaive des Romains,
Qui, vainqueurs des vaincus subissant la mollesse,
Marchèrent à leur tour vers les mêmes destins.

Alors de Romulus on vit l'indigne race
Écouter, sans frémir, de honteux orateurs :
Un certain Cicéron, enflé de folle audace ;
Un Brutus, altéré de la soif des honneurs.

De la prose et des vers l'effroyable manie
Jusque dans le sénat faisant invasion,
Partout, hélas ! partout régna la maladie ;
Et les écrivassiers devinrent légion.

Comment les dénombrer? Dans cette multitude
Il suffit de citer quelques noms bien connus.
Ils vous feront juger de la décrépitude
Où leurs concitoyens par eux étaient venus :

Lucrèce, pauvre fou, pseudo-naturaliste,
D'absurdes visions emplissant ses écrits ;
Virgile, le rêveur, ardent idéaliste,
Qui même sur le bœuf a des mots attendris ;

Et ce déclamateur à la voix ampoulée,
Cet Annaeus Lucain, que Corneille imita,
— Corneille, autre phraseur, — et la fureur rentrée
De Perse, esprit obscur, qui tant se tortura ;

Et cet historien, que j'aurais bien fait taire,
Si lors j'avais vécu, ce Tacite assommant,
Chez lequel Bossuet, lui, l'évêque sectaire,
S'avisa de trouver un mérite éminent.

De ces affreux pédants, de mille autres encore,
L'effet pernicieux se fit enfin sentir.
Rome avait cultivé la sotte métaphore ;
Par les invasions elle dut en pâtir.

Et vous-mêmes enfin, pauvres gens de la France,
Tant et tant flagellés par de récents malheurs,
Quelle est de vos esprits la folle insouciance ?
Que ne travaillez-vous à devenir meilleurs ?

Quoi ! de la vérité la fureur vengeresse
Vous aura décimés, brisés, presque détruits,
Et ma puissante voix, vous prêchant la sagesse
Ne pourra pénétrer dans vos cœurs endurcis !

Quoi ! j'aurai, moi, Zola, le citoyen du monde,
Qu'un Dieu trop bienveillant fit naître parmi vous,
J'aurai dans ce Paris, votre sentine immonde,
Habité malgré moi, malgré tous mes dégoûts.

Et mes enseignements se perdront dans le vide !
Et l'apôtre du vrai sera calomnié !
Je verrai chaque jour une presse fétide
Me traiter comme on traite un excommunié !

Non, non, je n'y tiens plus ! ma patience usée
Fait place dès ce jour à l'indignation.
Acceptez, acceptez la parole sacrée,
Ou je vous abandonne à la corruption.

Chez les peuples du Nord, affamés de science,
De mes riches pensers je porterai l'or pur.
Les Cosaques du Don, ces fils du steppe immense,
Pour mes enseignements montrent un esprit mûr.

Eux seuls sont dédaigneux des choses mensongères;
Eux seuls savent sentir la grâce et la beauté ;
Eux seuls de l'Assommoir comprennent les mystères ;
Eux seuls gardent toujours l'antique pureté.

Oui, cette nation est seule respectable;
C'est là que mes écrits se vendent le plus cher.
Quiconque ne suit pas cet exemple admirable,
Tôt ou tard doit périr par la flamme et le fer.

Ainsi parle Zola, le profond philosophe,
Et ce peuple français, toujours évaporé,
Lui, que n'instruit jamais aucune catastrophe,
Semble rire, l'ingrat ! du parleur inspiré.

Pour moi, craignant les maux que Zola nous annonce,
De Paris, cet égoût, fuyant l'air corrompu,
A séjourner ici prudemment je renonce ;
Au Volga je m'en vais m'abreuver de vertu.

Là..... Mais c'est trop longtemps manier l'ironie ;
Le courroux indigné gronde au fond de mon cœur.
Je ne le contiens plus. Au nom de la Patrie,
Eclatez, mes accents, contre le corrupteur.

Tu veux, maître Zola, des jeunes gens de France
Être l'éducateur, les plier à tes lois.
A jamais, malheureux, chasse cette espérance ;
Ecoute ce que tous te disent par ma voix.

De quel droit parmi nous, charlatan impudique,
Viens-tu sous le soleil étaler tes hideurs ?
Infâme empoisonneur de la santé publique,
Que t'a fait ton pays, pour dépraver ses mœurs?

Tu t'es imaginé dans ton outrecuidance,
Par des dehors trompeurs nous éblouir les yeux.
Bien haut faisant sonner le nom de la science,
Tu pensais imposer par ce mot merveilleux.

Certains naïfs ont cru que ton œuvre est louable ;
Ton audace a dupé de vulgaires esprits.
Comment douter de toi, docteur irréfutable,
Qui de Claude Bernard invoques les écrits?

Ta morale, dis-tu, c'est lui qui te l'inspire.
Du savant professeur appliquant les leçons,
Dans les faits sociaux tu cherches à traduire
Sa science et son art, fruits d'observations.

Ridicule ignorant ou menteur par trop bête,
N'as-tu donc pas songé que nous ses auditeurs,
Disciples assidus de sa parole honnête,
De son profond savoir ardents admirateurs ;

N'as-tu donc pas songé que tous pour sa mémoire
Nous saurions conserver un respect souverain ;
Que jamais imposteur ne souillerait sa gloire ;
Que tu soulèverais l'horreur ou le dédain ?

Non, tu n'as point compris cet immense génie,
Ou, si tu le comprends, de quel nom t'appeler
Toi qui, lâche inventeur de basse calomnie,
A tes pensers malsains prétends l'associer ?

Te réclamer de lui, fourbe, c'est un blasphême ;
Dans le tombeau là-bas, il en a tressailli.
Ton mensonge odieux mérite l'anathême ;
Il faudrait que ton nom fût à jamais honni.

Quoi! cet homme divin, martyr de la science,
A de mortels labeurs se sera condamné ;
Et de l'esprit humain centuplant la puissance,
Au noble champ d'honneur il aura succombé.

La Patrie en pleurant, dans la douleur plongée,
De son fils elle-même aura conduit le deuil ;
Elle-même aura mis dans la fosse glacée
Celui qui fut longtemps sa joie et son orgueil.

Et voilà qu'un Zola, manœuvre à tant la ligne,
Par d'autres procédés pouvant gagner son pain,
Ose sur ce grand mort verser l'injure insigue,
Et de ses saletés lui prêter le dessein !

Arrière, loin de nous, âme nauséabonde.
Les ouvriers français, que tu prétends servir,
Ces braves ouvriers, chez qui l'honneur abonde,
Ne veulent point par toi se gâter et salir.

C'est nous qui les aimons, nous, qui de notre France,
Voulons par leur concours accroître la grandeur ;
Qui leur tendons la main, et, pleins de confiance,
Travaillons à leur faire un avenir meilleur.

Le Beau, le Bien, le Vrai, voilà notre doctrine;

Eux et nous, la suivant, sommes dans le devoir.

Qui donc, sentant un cœur battre dans sa poitrine,

Oserait approuver celle de l'Asommoir ?

PAUL ARNOULT.

Meulan. imp. de A. Masson

www.ingramcontent.com/pod-product-compliance
Lightning Source LLC
LaVergne TN
LVHW010242030726
842520LV00007B/2696